11월의 저녁

11월의 저녁

지은이 | 송진환

발행 | 2020년 10월 30일

펴낸이 | 신중현
펴낸곳 | 도서출판 학이사
출판등록 | 제25100-2005-28호

　대구광역시 달서구 문화회관11안길 22-1(장동)
　전화_(053) 554-3431, 3432　팩시밀리_(053) 554-3433
　홈페이지_http://www.학이사.kr
　이메일_hes3431@naver.com

ⓒ 2020, 송진환
ISBN_979-11-5854-260-3　03810

11월의 저녁

송진환 시집

夢而思 학이사

자서

지난겨울 아파트 마당가,

앙상한 나무 위 까치 한 쌍 바람에 흔들리며
한 달 넘게 집 짓던 걸 본 적 있다.

쉼 없이 물어오는 삭정이들로, 더러는
용도에 맞지 않은지 물어온 삭정이들 버리기도 하며
절실하게
까치 한 쌍 몸으로 시를 쓰던 일 지금도 기억한다.

나도 오늘 일곱 번째 집을 짓지만
그들처럼 절실했나를 생각하면 왠지 부끄럼이 인다, 그러나
내일 더 실한 집 한 채 짓기 위해 부지런히
부지런히 삭정이들 하나씩 모아 갈 것이다, 숙명인 양

2020. 10.
송진환

5

차례

II

IV

I

첫차

갈 길이 있다는 것은 아직
꿈이 남아 있음이다

그러기에,

새벽을 일으켜 부지런히 내일로 가는 것이다

파란 사과는 사과가 아니다

네 살배기 손자에겐
파란 사과는 사과가 아니다
그가 사는 세상은 너무도 맑고 간명해
양시, 양비 따위는 용납되지 않는다
이전에 본 바다의 기억만 남아 아직도 그의 바다는
늘 푸르게 넘실대는 것처럼

그런 그도 언젠가 시린 아침에 서면
온갖 빛깔의 사과를 만날 것이고
온갖 빛깔의 바다를 만날 것이고
어디 그뿐이랴, 세상에도 없는 빛깔까지 두루 만날 것이다
그럴 때 가슴은 막혀
맑고 간명했던 한때의 세상 몹시 그리워도 하겠지

어쨌거나 지금
네 살배기 손자에게 파란 사과는 결코
사과가 아니다

냉장고와 그녀

누가 과식하고 싶겠냐만 나는 자주 과식한다

속살 찐 것 봐

내 뜻은 아니다, 순전히 그녀의 욕심이 날 병들게 한다

그녀가 내게 먹이는 것들은 실상

그녀의 배를 불리게 하는 것들

고기, 야채, 생선 따위 가리지 않아 어떤 날은 토해낼 때도

있다

이따금 속내 드러내지 않은 검정비닐에 싸인 것들이

스스로 절망해 악취를 풍길 때도 있어 오래, 난감하다

한 번쯤 앓아눕고 싶다, 그러나

태어날 때부터 강골의 체질 탓에 부질없다

끝내 삶은 그런 거라며 절망하고 말아 또, 고달프다

내 어깨 근처엔 견장처럼 여러 장의 스티커가 붙어 있다 그

녀는

내게 기대, 어느 날은 '자금성'에 또 어느 날엔 '피자에땅'

에 전화를 건다

내 뱃속은 좀체 비워지지 않고 그냥 그대로인 채

나는 지금 소화제를 먹고 싶다

그녀는 오늘도 내게 기대 '왕족발 보쌈집'에 전화를 걸고

낙타

낙타 한 마리 날마다 사막을 걷는다

오아시스 찾아 헤맬 때마다 이제
말라 폐허가 되어버린 그곳엔 지난날의 푸른 물줄기만 어
렴풋이
어렴풋이 기억 속에 파문 질 뿐 내내
목이 마르다

별빛 쏟아지는 밤이 오면
그때 그 푸른 물줄기 따라 서늘한 노랫가락 지금도
꿈결인 듯 흘러 온몸 저려오는데, 어쩌나
이제 비 한 방울 오지 않고 어둠만이 한없이 깊은 것을

가고 있는 길 끝머리
목 축일 물 한 모금 기다리고나 있을까

낙타 한 마리 숙명인 듯 오늘도 사막을 걷는다

어둠의 배경

하루의 무게가
허리 통증으로 돌아온다

통증은 이제 곧
그 무게 되새김질하며 밤을 건널 것이고
목마른 밤은 길어 허리는 더 아플 것이고
쉬 잠들지 못해 뒤척이는 동안
오늘 하루 참 고단했구나, 생각하면
어긋난 관계들은 또
아쉬움으로 남을 것이고

어디선가 다급한 경적소리 까닭 없이 불안하다
누군가의 절박한 삶이
내 삶 안쪽을 파고드는데
나도 오늘
누군가의 삶에 부질없이 파고들진 않았을까

내 하루의 무게가
허리 통증으로 돌아오는 것은 분명

·

누군가의 아픔도 함께 섞여 하루가 이리
무거울 듯도 싶은,

어둠이 밀물처럼 밀려오는 저녁이다

길고양이

버려지는 순간
'미미' '사랑이' 따위 고상한 이름도 함께
낡은 구호처럼 구겨진 채 버려진다
세상은 냉혹해 순간순간 길을 잃고
보이는 것이 다 두려움이다
두려움은 다시 배고픔으로 이어져
몸 깊이 파고드는 절망이 어둠을 몰고 온다
울컥 설움이 솟아 애잔한 눈빛 보내기도 하고
찢기는 아픔으로 울어도 보지만
아무도 돌아보지 않은 채 기어이 밤은 오고
별빛마저 한없이 차갑다

자유를 얻었다고 자위해 보지만
쟁취한 자유가 아니기에 그 또한 허망해
몸은 날로 야위어가고 자꾸 밥이 그립다, 삶이란 게
그리도 슬픈 것인가, 오래 전
야성도 잃고 말아, 지금
길고양이들 떼 지어 쓰레기통을 뒤지고 있다

5일장에 가면

그곳은,

나를 닮은
내가 닮은
우리들의 집합이다

웅성거릴수록 살아 있어
삶의 향기 절로 풍겨와 오래 머물고 싶은 곳
투박한 말씨도 곱씹으면 정이 간다

난전에 앉은 아지매 할매들이 다 이웃 같아
자주 걸음을 멈추게 한다

파장 무렵 붉게 지는 노을마저
모두의 가슴을 따뜻하게 적시는
그곳은,

나를 닮은
내가 닮은
우리들의 집합이다

저무는 생生의 비탈에 서면

아버지의 시계는
멈춘 지 하마 오랜데
때때로 나는 아버지의 시간 속에
갇힌다

그곳은 늘 그늘이 깊어
아래로 가라앉는 당신
한숨과 신음과 바람이 있을 뿐이지만
그 한숨과 신음과 바람은 지금도 내
느슨한 삶 곧잘 흔들어 깨우며 빛으로 와
언제나 당신 사랑인 것을

저무는 생生의 비탈에 서고서야 비로소
안다

그러기에 자주 막혔던 당신 삶
이제는 지우지 못할 그리움 되어
가슴 안쪽 밀물인 듯 밀려와 내 안에 오래
머문다

내일을 위한 몸짓

자칫,
나를 잃어버릴지 모른다는 생각에 때때로
내 이름 가만 불러본다
세상이 날마다 어지러워도 나는 거기 있어
스스로 떠받치며 내일로 가야 한다

어느 땐 화려한 불빛이
어느 땐 달콤한 속삭임이 나를 흔들지라도
꿋꿋이 그 자리에 그냥 선 채
부르면 이내 대답할 거기 있어야 한다

길은 언제나 위태로워
미끄러지거나 긁히거나 더러는 덫에 걸려
참으로
나를 잃어버릴지 모른다
그럴 때면 다시 내 이름 불러 나 거기 있음을 재차
돌아봐야만 한다

그렇게 살아 어둠이 걷힐 때
비로소 내일은 꿈꾸듯 내게로 올 것이다

공허한 이야기

오늘,
필요 이상의 말을 하고 돌아와
늦도록 후회한다
필요 이상의 말을 한 건 그만큼 공허한 탓일 듯

삶이란 게
채워도 채워지지 않고 늘 겉돌아
겉돌기에, 쓰잘데없는 말은 또 그리도 많아지던 것을
알지만,

그 또한 삶의 한쪽이라 자위하며 잠들면 꿈속은 오래
어지럽다, 때로
낭떠러지 앞에 선 채 바라보는 서녘 하늘이 너무 아득해
눈 감는다, 일순 어둠은 더 깊이 몰려오고
꿈속에서도 자꾸 말이 하고 싶다

그렇게 다시 내일은 올 것이고
어디선가 시나브로 가을도 올 것이고
오늘처럼

필요 이상의 말을 하고 돌아와 늦도록 뒤척

뒤척이며 후회도 할 것이고

은총의 시간

어제 없는 오늘이 어디 있으랴

어제는 지나간 시간이 아니라
반성을 위해 남겨진 시간인 걸, 그렇기에

어제를 돌아보지 않고
오늘을 세워 내일로 가려 함은 교만이다, 설사

꿈을 가졌다 해도 그 꿈
이룰 수 없어 매번 절망할 수밖에

정녕 꿈을 이루려 한다면
어제를 가슴에 따뜻이 품을 일이다

어제는 지나간 시간이 아니라, 진정
은총의 시간이다

삶은,

삶은, 때로 주어가 생략된 채
동사 형용사만으로 흘러간다, 흘러서
그곳에 닿지 못해도, 설령
흐르다가 목적어를 잃어버렸다 해도, 어쩌랴
삶은 그런 것이라고
자위하며 남은 삶 다독여갈밖에
이따금 슬프거나 기쁘거나 또는 아플 때
감춰둔 감탄사 하나
뱉어낸들 무에 대수랴, 삶은

늘 그렇게
어딘가 좀 어설프고 모자란 것을

그곳엔

호스피스 병동엔
아픔이 겹겹 쌓여, 무겁다
무거운 만큼 어두워 불빛마저 흐린 채 낮게
깔린다

저들은 대체 어디를 돌아왔기에 저리도 고단할까
삶이 한 번씩 꺾일 때마다
제 몸도 따라 무너지던 것을 잊고 산 게야

그렇게 흘러 이제
아픔만 남아, 세상일 다 내려놓은 채 무심히
천장만 바라본다

생각하면,
사는 게 고달파 누군들 아프지 않을까마는
지금은 단지 저들만이 가장 절망적이다

열린 듯 닫힌 그곳엔 아무도
내일을 이야기하지 않는다

내일로 가는 길목

한 사람이 내일로 가는 길목에서 느닷없이 고꾸라져
내일은 없었다, 또
한 사람은 내일이 보이지 않는다며 온몸으로
내일을 아예 지워버렸다

그들이 꿈꾸며 가려 한 거기, 내일은 정녕 꿈처럼 기다리고
있었을까

우리는 늘
오늘에 부대껴 내일이 너무 멀리 있고
거친 바람과 어둠에 밟혀 깊은 수렁에 밀리기도 할 것을 알
지만 순간,
순간을 자주 놓친다, 그러나

기억할 일이다, 참으로
우리 모두의 내일을 위해 아파도 오늘 그
순간, 순간을 놓치지 말아야 한다는 것을, 그리고

오래전 가슴 안쪽 푸른 기억들 다시 뜨겁게 되새기며 살아
갈 일을

II

누드

하나씩
벗어던질 때마다, 너는

비로소
하나씩
완성되는 것이다

그런데도 우린
초점이 흐려 매번 중심을 놓치고 만다

헌 책을 위한 사색

한때,
시청 근처나 대도극장 근처 헌책방 돌아다니며
누군가의 손때 묻은 낡은 시집 따위 사들고 와
기쁨이었던

이제 그런 날은 가고
방 가득 그 책들 먼지처럼 쌓여 오히려 짐 되어
어쩐다, 어쩐다, 오래 망설이다 오늘은
다 버려
비로소 자유롭다

그 낡은 시집 따위 다시,
누군가의 손에 닿아 혹
그의 메마른 가슴 잠시라도 적실 수 있을까

그럴 것이다
낡았어도 펼쳐드는 순간 온몸 저려오던
내 지난 한때를 생각하면,

그럴 것이다, 분명

이쑤시개

어느 산골이나 강가 거닐다가 너는
느닷없이
밑동부터 잘려 가지도 잘려 참으로 기막히게
조각조각 해체되어
여기 낯선 식당 계산대 옆까지 흘러온 건가
삶이란 그렇게
느닷없이, 뜻밖에, 의도하지 않은 채
낯선 곳에 서게 되는 것인가

나도 지금 여기 서 있는 것이
이 계산대 옆의 이쑤시개처럼 어느 순간
느닷없이
잘리고 해체되는 동안 생긴 뜻밖의 결과물인가

그렇다면,
누구를 위해, 무엇을 위해, 난 여기 서 있는가
의문이 자꾸 고개를 드는 오후는 나른하다

이쑤시개 하나 지그시 깨문다

허전합니다

허전해집니다, 시시로
기억할 것들은 사라지고 쓸데없는 것들만 실없이
가슴에 고입니다
가끔씩 눈 감아봅니다, 아려오는
오후 세 시의 햇살이 주름진 손등을 잠깐
스쳐갑니다
지난 한때의 어리석음도 간간 비쳤다간
맥없이 비껴가고
60년대의 흑백사진 같은 설움이 울컥 안으로 솟구칩니다
골목을 떠들며 지나가는 아이들만 멋모르고
신이 났습니다
아이들의 아비는 지금쯤 어디서, 어떤 모습으로
저들의 웃음을 지키기 위해 울음을 참고 있나 생각해 봅니다
1톤 트럭 생선장수 아저씨의 '떨이' 라 외치는 목소리가
바람을 흔들고 지나갑니다
목소리는 날마다 싱싱하지만 언제나 떨이가 아닌 것을
골목 사람들은 모두 압니다

허전합니다, 나는

이를 후비며

세월 흐를수록 자꾸
이 사이에 끼는 오독의 찌꺼기들

흔들리며 살아온 날들
부질없이 찌꺼기로 쌓인 것인가

이를 후빈다

그것들은 후빌수록 더 깊숙이 안으로 숨어들며
필사적이다

내가 빼내려 하는 게 진정
오독의 찌꺼기들일까, 아니면 단지
세월에 길들여진 오래된 습관 탓일까

어쨌거나,

날마다 이를 후비며
남은 날을 또 흔들리며 가야 하나

오후의 햇살 아래 다리가 휘청 풀린다

수첩

그는,
두 개의 수첩을 가졌다
하나는 블랙 또 하나는
화이트

그는,
그의 힘이 그 두 개의 수첩에서 나온다고
굳게 믿으며 깊숙이 꼭꼭 숨긴다

그는,
수시로 그 수첩들 번갈아 열어보며
제 힘 뜨겁게 확인하고
삶은 힘이라며 남몰래 웃음 머금는다

그러나 세월 흘러 수첩은 낡아
수첩 속 이름들 희미하게 지워지고 그즈음
그는,

힘을 잃고 차츰 중심에서 밀려나 어느새

누군가의 수첩 속에
그의 이름 또렷이 아픔으로 돋아
누군가의 힘 뜨겁게 확인시키며
그때사 그는,

수첩의 힘 부질없음 몸으로 알게 된다

소리가 말이 되어

날마다 뒤틀려 어지러운 것은
소리가 말을 밀어내기 때문이다
말은 하릴없이 허공을 맴돌아
소리로만 가득 차버린 세상 이제 귀 막고 살아야 하나

우리들 세상 우리가 세워야 할 것을
말이 소리가 되고 소리가 말이 되어 때로
소리는
우리를 막다른 골목에 서게 한다, 그렇더라도

그건 끝내 울림도 없이 흩어지고 말아 분명
내일은 올 것이고
소리가 사라진 자리 돌아온 말들이
무너진 세상 한 모서리 새살로 다시 돋게 할 것을 믿기에
아직
꿈을 버릴 수 없다

날마다 뒤틀려 어지러운 것은
소리가 말을 밀어내기 때문이다

눈물이 마르지 않는 곳
- *이제항 위안소 유적지

세상 어둠이 다 거기 모인 듯
캄캄하다, 순간

나도 그만 거기 갇혀 어둠이 되었다

* 이제항 위안소 유적지: 1937년 말 일본이 중국 남경을 점령
한 후 개조해서 사용했던 위안소. 2015년 12월 위안소 유적
진열관으로 개관.

허공의 삶

허공에 뜬 나를 바라보고 섰다
발이 닿지 않아 바람에 마냥 흔들리는 것이 아무래도
불안하다
사는 동안 매번 가닿지 못한 것이 이런 까닭인가

허공을 헤맨다는 게 얼마나 고단한 삶인가
그런데도 사는 일은 대개 그러하다, 허공에 떠있다, 너도
그렇다

우리는 자주 우리를 보지 못한다
나보다 네가 먼저 보여 나를 끝내 놓치고 만다, 그렇기에
우리는 모두 미완인 채
세상 막다른 곳으로 저를 끌고 가 한없이 위태롭다

언제 한번 뿌리를 내려
내 바라던 그곳으로 나아갈 수 있을까

허공에 뜬 나를, 내가 오래도록 바라보고 섰다

유혹이란

어디에서 비롯되는 것일까

밖으로부터 오는 것일까, 아니면
안으로부터 시나브로 생겨나는 것일까

빛으로부터일까
소리로부터일까
향기로부터일까, 아니면 가슴에 품은
설렘일까 외로움일까

어디서 비롯되는 것일까, 정녕

나는 오늘도 아침에서 저녁까지
보이는 것들 느끼는 것들로부터 자유롭지 않아
흔들린다, 오래

흔들린다

오후의 위안

이 오후,
돌아가고 싶은 한때가 남았음은 그나마
위안이다

날마다 시시비비,
어딘가로 떠나고 싶어
강가에 앉아 물길 거슬러 기억을 따라가면 거기
햇살에 반짝이는 한때가 있어 참으로, 위안이다

강 둔치 따라 아이들이
앞서거니 뒤서거니 자전거를 타고
강둑에선 또 다른 아이들이 연鳶을 날린다
저들은 분명
저 속력으로 저 높이로 꿈꾸고 있는 게다
환하다

아이들의 오늘 하루가 먼 훗날
숱한 기억 속에서 돌아가고 싶은 한때로 남았으면 좋겠다, 기왕
저녁답 곱게 물든 노을처럼 아름답게 새겨져

어느새 어둠 오는 강가엔

왜가리 몇 마리

적막을 쪼아대며 나를 자꾸 내일로 밀어내고 있다

내 오늘이

아직 남은 내일의

돌아가고 싶은 한때가 될 수 있을까

흐르는 것이 어디 강물뿐이랴

늘상 불렀던 노래가 이젠
기억 속에 후줄근히 젖어 아픔이 되어
늦은 저녁을 쓸쓸히 흘러간다

어느 땐 그 노래
기쁨이기도 했던 것이 오늘은 왜 이리
가슴 안쪽 저려오는지

흘렀구나, 내가 흘렀구나

흘러와,
나는 이 저녁 흐린 불빛 아래 이마 짚고 앉았는데
함께였던 사람들 다 어디로 흘러갔나
그들도 어디선가
지난날 돌아보며
아쉬워하거나 아파하고 있을까

우린 모두 어딘가로 흘러간다, 흐르기에
어디쯤서 다시 만날 수도 있을 듯싶어

마음만은 영 닿을 수 없고
오래전 그 노래 나직이 부르며 내일로 또 출렁,
출렁대며 간다

내 방은

내 방은 비어있어도, 실은
빈방이 아니다
구석진 곳 낡은 책에선 수런수런 오래된 이야기가 흘러나
오고
누워 천장만 바라보던 책에선
고요를 적시며 누군가의 삶이 한 편의 시로 흘러나오고
책장에 갇힌 책들은 하고 싶은 말이 많아도 애써 참는 듯,
그러나
깨어있어
내 방은 비어있어도 결코 빈방이 아니다

아무렇게나 구겨져 걸린 바지는
얼룩도 묻어 지난밤을 어지럽게 풀어내고
구석으로 밀쳐진 낡은 가방은 아가리 벌린 채 째지도록 하
품을 한다

그렇다, 내 방은
비어있어도 실상 빈방이 아니다

뜨거운 은총

봄날 꽃밭에 나앉으면
바람 막 지나간 자리에 파릇,
파릇 돋아나는
여린 빛깔이 온통 세상을 흔들어 깨운다, 순간
긴 터널을 빠져나와 비로소 환한 세상

절로 기쁨이다
가꾸지 않아도 꽃밭은 자체로 설렘이고
지난겨울 두꺼운 기억들 하나씩 지워갈 테고
바람은 다시 돌아와
온갖 빛깔로 또 꽃 피울 테고

봄날 꽃밭에 나앉으면
파릇, 파릇
내밀한 속삭임에 가슴 마구 뛴다
참 뜨거운 은총이다

그렇게 봄은 올 것이고

흐르지 못한 기억들 얼룩처럼 남아
강 가장자리,
겨울로 두껍게 쌓인 채 바람에 흔들린다

마른 갈대 잎 벼린 날 세워
시리던 자리마다 아프도록 스쳐가고 나는 또 실없이
지난날을 툭툭 걷어차다가 문득 푸른 한때의 기억 순간인
듯 만난다
뜻밖에 참 뜨거운 위안이다

강 너머 저편 아득히 멀어진 얼굴들 손 흔들며 지나갈 땐
나도 모르게 잔잔한 미소가 돌아
겨울마저 잠시 햇살에 녹는다, 따라
가슴 안쪽 따뜻이 부풀어 오르는 것이 어디선가 봄은
시나브로 오고 있나 보다

그렇지, 그렇게 봄은 올 것이고
흐르지 못한 기억들이 다시 흘러 더 먼 그리움 되어
내 삶의 발자국 따라 날마다 설레게 할 것을

선물

시를 읽는다
시인의 가슴이 내게로 와 안긴다
따뜻하다, 때로는
서늘하다

닫혔던 내 가슴 절로 열리고, 환하다

시를 읽는다
시인은 내게
뜨거운 제 가슴 한쪽 선물인 듯 주고 간다

푸른빛

서러운 사람은 곧잘 푸른빛을 떠올린다, 푸르기에 서러움 쯤 이내 잊힐 듯싶어 그 빛깔을 그리워한다

푸르다고 다 그렇기야 하겠냐만, 가을을 끌고 와 가슴 흠 씬 적셔줄 것 같은 그런 빛깔을 그리워한다

나도 서러운 사람인가, 여린 햇살 아래 앉아 바라보는 하 늘빛에 연신 '곱다, 곱다' 며 절로 가슴 열고 세상 밖으로 마 냥 흘러가는 것이

그렇게 흘러가노라면, 지난 한때가 굽이진 강물에 떠가는 것이 보이고, 골짝과 골짝 사이 어린 시절 고향 마을도 보이 고, 탁 트인 들판이 나를 품어 오래된 서러움마저 잠시 잊게 한다

살며 누군들 서러울 때 없겠나, 그렇기에 푸른 바다를 푸 른 하늘을 사랑해 가슴 흠씬 푸르게 적시고 싶은 것이다

Ⅲ

아름답던 날들이 거기 있었네

누군가, 봄을
그냥 보낼 수 없었기에
꽃잎 두루 모아
책갈피에 담았나 보다
헌책방
구석에 꽂힌 오래된 시집 속에
그날의 애틋한 마음
꽃물로 아직 남았다

자칫,
그 애틋한 마음 바스라지고 말 것 같아
한 장 한 장 조심스레 책장을 넘기는데
거기, 내 오래된 추억들도
함께 묻어나온다

순장
- 지산리44호분

박제된 시간을 열고 나온 한 시대의 그늘을 보러갔다
그늘은 깊었다

무겁게 가라앉은 불빛 속에
바람은 없어도 바람 불고, 울음은 없어도 울음이 낭자하다
삶과 죽음이 함께 머물던 곳

힘은 언제나 기울게 마련이지만 이곳은
극과 극만 남아, 목숨도 한낱 가벼운 꽃잎인 듯 지고 말았을

자꾸 가슴 저려온다
댕기 묶은 소녀는 아직 제 죽음을 납득할 수 없는데
무덤가 가장자리로 아픈 기억들만 장식처럼 메마른 채 기록
되어 또
슬프다

우리는 지금,
어떤 힘에 의해 어느 무덤 속에서 맥없이 박제되고 있을까

그 사내

그림자 길게 끌며 한 사내가 걸어온다
언젠가 만난 듯한

어디를 돌아왔기에 저리 지친 모습일까

어쩌면 굽이진 길 위에서 제 삶도 따라 꺾여
디디는 자리마다 시름이 쌓인 탓인가
저무는 햇살 아래 어깨가 자꾸 기운다

그 사내 느닷없이 내게로 와 손을 잡는다
순간 그는 사라지고 거기
내가 혼자 서있다

그렇게 가을은 깊어가는 것인가

관점

새가 지저귀는 것을 노래 부른다 한다, 그건
내 오래된 습관 탓이다
누군가는 이 시각
새가 지저귀는 것을 보며 아마도
슬피 운다고 말할지 모른다 그의 습관에 따라

우린 모두 저마다의 길을 간다
옳고 그름은 결코 우리 몫이 아니다

나는 새가 아침을 연다고 말하지만, 누군가는
제 깊은 잠을 어지럽게 흔든다고 말할 것이다
그 또한
우리 모두의 오래된 습관일 뿐이다

숲은, 한 채 집이다

숲은, 잘 다듬어진 한 채
집이다
나무와 나무가 모여, 바람과 바람이 모여
누천년의 햇살이 모여
잘 다듬어진 한 채, 집이다
위로 새들 날아들고 때때로 구름도 다녀가고
시답잖은 시인 몇 놈은 거기서 매번 술판 벌이고
어지러운 말들 쏟아내지만 숲은 이내
맑아진다, 고요한 집이다
그러면서도 숲은 늘 먼 곳으로 더 환히 열려 있다
세상 쪽에 오래 눈멀어 있다가도 거기로
눈 한번 돌리면, 순간
마음 출렁이며 가득 채워진다
숲은, 세상과 떨어져 있어도
세상과 또 이어져 길 하나 길게 뻗어 있다
길가 잡풀들마저
철 따라 꽃 피고 지며 숲의 한 부분이다
어느 것도 숲은 버리지 않는다
그렇다, 우리들의 기억들마저 오래전부터 숲으로 가고 있

었다는 걸
　지친 날 밤이면, 안다

　숲은, 어둠 깊을수록 포근한 한 채
　마음 깊은 집이다

톱질

남길 것과 버릴 것이 한순간에 갈리는
저 비정의 의식
기계음과 함께 돌아가는 톱날은 악어의 이빨이다

우린 지금 남겨진 것인가
삶의 그늘이 늘 길게 드리워지는 걸 보면 혹
버려진 것인가

설령 버려진다고 슬플 일도 아니고
남겨졌다고 기뻐할 일도 아닌 것이다
톱질은 멈추지 않고 한없이 이어지는 것일 뿐

악어의 이빨은
어둠 속에서 매번 저를 감춘 채 느닷없이
노리지만
남는 일과 버려지는 일은 긍정과 부정, 선악의 문제는 분명
아닌 것이다, 단지

하나의 질서일 뿐

근황

별 울림도 없는 시를 꿍꿍 읽다가
그만 덮고 말았다
티브이를 켠다
어제 본 드라마가 오늘 다시 방영되고
뉴스마저 뉴스가 아니다
티브이를 끈다
하루가 참 길다

무료해
별 울림도 없는 시를 다시 읽는다
울림이 없는 것이 주제일 듯싶은
시를 덮고 티브이를 켠다
며칠 전 본 영화는 이제 세 번째 돌아간다
뉴스는 아직 뉴스가 아니고
티브이를 끈다, 다시

하루가 너무 길다

4월

내 말하지 못한 것들 뜻밖에
4월,
목련 가지에서 수런거린다

그래 뜻밖이다, 그러나
그 수런거림도 이내
기억 밖 어딘가로 사라지고 말 테고
내 안엔 말하지 못한 것들 다시
쌓일 테고
어둔 그림자만 가슴 누르며 거멓게
저녁을 몰고 올 것이다

그렇다 해도 이리
목련꽃 피면 까닭 없이 설레는 것은
오래된 내 습관 탓인가, 아니
가슴 안쪽에 남은 희미한 사랑 탓인가

몇 마리 새들
목련 가지 끝에서 자꾸 나를 부른다

말하지 못한 것들 다 털어내라고

포롱, 포롱포롱

봄날 저녁답을 가볍게 흔들고 있다

한계령

길이 길 따라 가다
쉬어가는 곳, 한계령
구름도 그 어디쯤 머물다 가고
새들도 바람도 그 어디쯤 머물다 간다는
한번쯤 뒤돌아보게 하는, 한계령
한계寒溪가 한계限界인 듯도 싶은

무겁게 밀고 온 시간 속에 짓밟힌 것들
그래서 상처로 남은
어쩌면 아직 아물지 않아 잠들지 못한 깊은 밤에
오래 뒤척이며
그렇게 살아온 날들 잠시
쉬었다 가자

누구나 사는 동안 아픔은 있게 마련
우리 모두
구름처럼 새처럼 바람처럼
한계령 그 어디쯤서 잠시 쉬었다 가자

마냥 쓸쓸할 뿐

가야 할 길을 몰라 헤매다 어느새
가을에 섰다
가을은 짧아 이내 겨울이 올 것인데 나는 그때
슬퍼해야 하나 부끄러워해야 하나

가야 할 길은 여전히 보이지 않고
낙엽만 툭툭 떨어지는 것이 마냥 쓸쓸할 뿐

저편 빈 텃밭에서 한 중년의 사내는 아직
거둘 가을이 남았는지
무언가를 열심히 줍고 있다, 그는 진정
가야 할 길을 알고 있는 것일까

자꾸 왜소해진다
내 눈에 푸른 하늘마저 흐려 보이는 것은
내 걸어온 길 애초에 빗나간 탓인가

가을, 바람길 따라 흘러가는 사마귀 한 마리
절뚝이며 가고 있다
삶의 끝머리에 서면 다 저런 것일 듯

날마다 잊고 살아

푸르게 여름을 키우던 숲에 투닥 투다닥
비 내린다, 그건
그동안 쌓인 먼지들 씻어내는 의식인 듯 자못 경건하다

이따금
바람 불어 숲을 통째로 흔드는 것은 의식의 절정인 듯 매섭
고
제물인 양 가지 몇 부러뜨리고서야 비로소 숲은 온전히 다
시 선다
흘러내린 빗물은 땅으로 스며, 그
먼지들 걸러내 세상 다시 저렇게 맑아지고

우리도 흠씬 죽비로 얻어맞거나 아니면
고해소에서 지은 죄 낱낱이 고해 그동안 쌓인 죄 진실로 털
어내
한번 깨끗해져야 할 것을, 까마득히
잊은 채
소나기 한 줄기나 막연히 기다리는 것 그도 또 죄인 것을,
진정

알아야 한다

그런 후에야 우린, 저
푸른 숲에 들어 여름을 한껏 품을 수 있을 것을

늦가을 산길 걷다 보면

늦가을 산길 걷다 보면
산이 감춰둔 속살 몰래 엿보게 된다

쌓인 낙엽들 갖가지 빛깔로 누워 풀어내는 한생을
마른 숲 헤집고 다니는
멧새들 지난여름 푸른 이야기하며, 또
가장자리 들꽃들 손 흔드는 여린 몸짓하며
누군가 오가며 쌓은 돌탑도 무진 정겨운

찌든 도시의 소음과 구호들은 이제
골짝 타고 흐르는 물소리에 씻겨 아득히 멀어지고
나도 산의 부분인 양
지친 삶 조각조각 그리움으로 엮고도 싶은

늦가을 산은
빈 가지 사이를 빠져나온 푸른 하늘마저 제 속살인 듯
너그럽게 끌어안는다

그렇다,

늦가을 산길 걷다 보면
산이 감춰둔 속살에 세상일쯤은 절로 묻히고 모두가
오롯이 하나 되는 것을 몸으로 느낀다

내 안의 겨울, 사랑할 일이다

내 안의 겨울이
아직 떠나지 못해 밤마다
시리다
숱한 얼굴들 순간순간 스쳐 가는데 자꾸
일그러져 밤은 더 길고, 자주
돌아눕는다
끌어당긴 이불로는 지친 삶 다 덮을 수 없고 따라
쉬 잠들 수도 없고 나는 끝내
작은 꿈 하나마저 가슴에 담을 수가 없다
때때로 바람이 거친 숨소리마냥 창을 흔들 때면
다시 돌아누워
스쳐간 얼굴들의 이름 되짚어 보지만
아득히 멀어 부질없다, 그럴지라도

내 안의 겨울, 따뜻이
따뜻이 품어 뜨겁게 사랑할 일이다

나른한 봄날

신부님께서
가난한 자만이 천국에 들 수 있다며
천상의 말씀을
따옴표도 없이 술술 풀어내는 그런 봄날이다

세상은 가진 자들이 판을 쳐
천상의 말씀도 지상에서는 참, 공허하다

그럴 때마다 신부님께선
믿음이 약한 탓이라고 다독이지만
믿음의 척도는 또 무엇으로 가늠할 수 있을까? 아마

가진 것 두루 베푸는 일일 듯도 싶은데 우린
자꾸 주머니 만지작거리며 내려놓지 못한다

어쩌랴,
천상보다 지상에 더 얽매여 천국은
점점 멀어져만 가고
사는 게 다 죄인 듯도 싶은 나른한 봄날이다

저녁의 시詩

저녁이 오면
지상의 것들은 하나둘
저마다의 하루를 닫고 고요에 젖어 오롯이
생각에 잠긴다

꽃들은 꽃잎을 닫고,
풀들은 풀빛을 닫고,
돌들은 짙은 어둠을 위해 무겁게 저를 가라앉히며
밤을 건널 채비를 한다

그때 비로소 밤은 열리고
달빛 별빛이 그들의 가슴에 적막처럼 내린다

차츰 어둠 깊어지고
풀벌레들만이 저를 닫지 못해 밤의 한가운데에 선 채
고요를 깊숙이 끌고 간다, 그때

지상의 것들은
풀벌레 소리에 오래 뒤척이며 잠들지 못해

생각은 더 먼 곳으로 흘러간다, 다시
내일을 꿈꾸며

숲의 언어

툭,

꿀밤 지는 소리
세상 한쪽 비워내는 뜨거운 숨결이다

끝없이 채우려 한들 그 무게 무엇으로 견딜 수 있을까

문득,
비워진 하늘 저리도 넉넉하다

IV

자조적

무모하다

빛으로 흔들리는 허공을 향해 무작정 가는 우린
날마다 무모하다

그 무모함 알지 못한 채 어리석게도
내일을 꿈꾸는 우린 참으로 무모하다

어디 그뿐이랴
어둠에 서 있어도 어둠을 알지 못해 막무가내
빛이라 우기는 아둔함, 그 또한
무모하다

빛은 수시로 변해 본모습 알 수 없는 것을 우린
서로를 탓하며
누구는 내일이 없다 하고 또 누구는 목청 돋워 내일을
믿을 수 없다 한다

정녕 내일이 우리에게 희망일 순 없을까

이따위 부질없는 생각들 다

무모하다

이 도시는

이 도시는 날마다
그늘이 깊어 자꾸, 가라앉는다

그늘은 오래 그늘일 뿐
햇살은 너무 멀리 있고
위태롭게 치솟은 빌딩들만 그들끼리 기댄 채
이 도시의 그늘쯤은 안중에도 없다

불안타

이 도시의 빌딩들은 실상
제 안에 더 깊은 그늘을 감추고 있어 언젠가 곪아
스스로 무너질지 모른다

또 불안타

빛은 그늘이 있어 빛나는 것
그 그늘 온전히 품어 안을 일이다
사랑할 일이다, 이 도시는

아침을 따라가면

강둑 걸어 아침을 따라가면
지난밤 어둠의 기억들 강물로 흘러, 그렇게
어제는 가고

흘러갔어도, 어제처럼 흐르는 강물을 보면 우린 결코
어제를 잊을 수 없다
아무렴, 쉬 잊을 수 있겠나

그렇다, 강둑 걸어 아침을 따라가면
지난밤이 꼭 어둠만은 아니었을 듯
생각이 또 어지럽게 갈대숲 감도는 물안개처럼 인다

그래 그건,
어쩌면 진한 그리움이다
누군가 한 사람 뜨겁게 와 가슴에 안기는 걸 보면

새떼들 일제히 그
그리움 물고 허공으로 치솟는 푸른 아침이다

저녁에 앉아

저녁에 앉아
바람에 밀려가는 한 시대를 본다

그림자 길게 끌며
고단한 몸으로 걸어온 날들 이제 저물어
노을과 함께 잦아지고
지키지 못한 언약들만 가슴 한쪽 무겁게 하는

시대의 변방을 걸어오는 동안
기막힌 일들이 상처가 되어 밤이면
오래 뒤척이던 그
기억들, 그래도
오늘은 그저 안쓰러울 뿐 서럽진 않아
바람에 밀려가는 한 시대를 너그럽게 보낼 수 있겠다

한 시대가 가면 다시
한 시대가 오는 것을 알기에 우리는
이 저녁에 앉아
지난날을 결코 탓하지 않는다, 설사
아쉬움 진하게 남을지라도

대설大雪 근처

생각을 따라가노라면
내 건너온 겨울 그
언 자리마다 시린 기억들이 상처로 남아 아직도
거친 바람소리, 아프다

꿈꾸던 것들은 다 어디로 갔을까

텅 빈 숲엔 마른 삭정이 따위만 떠나지 못한 채 어지럽게
바람에 뒹굴며
여린 햇살에 기대 한때의 봄날 혹은 여름날을 그리워하는지
몸부림치듯 굴러다닌다

꿈꾸던 것들은 정녕 어디로 갔을까

빈 들판엔 소리 없이 눈 내려 생각마저 덮어버려
내 머리 속도 하얗게 비어간다

눈은 자꾸 쌓여
아무래도 겨울이 더 깊어질 모양이다

삶 한 짐 짊어지고

자다 깨다 자다 깨다, 아직
새벽은 한참 멀었나 보다
주어진 삶 한 짐 지고
쉬 내려놓지도 못한 채 긴 밤 건너가는 길은 참
무겁다
길 끝머리 거기 푸른 새벽이 기다리기나 할까

불안한 채 헤매는 동안
늪 속에서 허우적거리며 악몽에 시달리는 것은
시대에 대한 믿음이 사라진 탓일까
이 시대의 변방은 날마다 시리다

사방 어둠이 깊어 길을 자주 놓치고 자칫
새벽을 만날 수 없을 듯해 불안한 채
어둠을 휘저어 본다
어둠에 오래 갇혀 스스로 어둠이 되어 버렸나
한 줄기 빛도 찾을 수 없다

어디선가 길게 이어지는 경적소리

어둠을 힘겹게 흩어내며 새벽으로 가는 몸짓, 아무래도
위태롭다

우린 모두 한 시대를 다 읽을 수가 없다, 단지
어렴풋이, 어렴풋이 더듬어 갈 뿐

꽃밭

오래된 의문에 대한 대답인 양
빨간, 노란, 더러는 묵묵부답 흰
꽃들이 핀다

겨우내, 버려진 시간 속 언 기억 뿌리로 더듬어
우리를 다시 꿈꾸게 하는 것은 진실로,
진실로 은총이다

그때 황량하던 꽃밭을 지나가던 거친 바람도 어쩌면
저 꽃들 피우기 위한 은밀한 약속 아니었을까, 생각하면
그 바람마저 은총인 듯 느껍다

그렇다, 세상 어느 것도 혼자서는 설 수 없다
서로가 서로에게 기대 비로소 하나 되는 것을

그 섭리 증거하듯 지금 꽃밭엔
빨간, 노란, 더러는
묵묵부답 흰, 꽃들이 다투어 핀다

같아도 다른 세상

간밤 내린 비에 세상이 다
말갛다, 아니

아침 뉴스를 듣는 순간 세상이 다
뿌옇다

저무는 날에 서면

세월이 흐른다는 건
사람이 사람에게로 흘러가는 것

서로 만나고 헤어지는 일들이 다
세월로 흘러
더러는 기쁨으로 더러는 슬픔으로 남는 것을

그런데도 우리가 유독
슬픔만은 세월 탓이라며 비껴가는 건 대체
무슨 까닭일까

그 슬픔,
부끄럼 같아
못내 감추고 싶은 마음 때문일까, 어쩌면

그 슬픔,
삶을 더 뜨겁게 한 힘이었을 듯도 싶은데

자꾸 돌아 뵈는
저무는 날에 서면 생각만 이리 많다

시간의 그늘

기억을 흔들며 오는 것은 언제나
시간의 그늘이다

저녁 으스름에 앉으면
타는 노을 속에 잊고 산 날들
가슴 한쪽 저리도록 밀려와 서러움 왈칵 솟는 것이 다
시간의 그늘 탓이다, 어쩌면

기쁨도 그늘을 품어
그 안쪽 깊은 곳 눈물진 흔적 있을 듯싶다

그런 것이다,

우리 가는 곳엔 어디나 그늘이 있게 마련
그러니
두려워하거나 슬퍼할 일 아니다, 그냥
함께 가는 것일 뿐

아슴푸레 멀어져 가는 것들
오직 가슴으로 뜨겁게 안을 일이다

날마다 타인

돌아서면 그만인,

그와 나눈 악수는 오늘도
허전하다
너는 너만을 지키고 나는 나만을 지켜
단지 스쳐가는 바람 같아 너와 나
날마다 타인이다
웃음도 눈물도 가면이 되어
서로를 더 깊은 늪 속으로 끌고 가는 삶의 그늘
한 번만이라도 진정
걷어낼 수 없을까, 하지만

바라보는 곳이 달라 언제나 불안타
시나브로 가슴엔 금이 가고 끝내
아픔으로 쌓여
삶의 그늘은 더 짙어만 갈 뿐

어느 때, 우린
따뜻한 악수 한번 나눌 수 있을까

인연

몇억 광년 너머 아득한 저 별에서 오는 빛 한 줄기가
오늘밤
내게 위안이라니

스쳐가는 바람마저도 참 예사롭지 않다

간극間隙

가난한 자들은
날마다 끝이 보이지만
가진 자들은 내일도 모레도 아득히
끝이 보이지 않는다
그렇게 끝과 끝은 갈수록 벌어져 거대한 아가리 되어
끝내 모두를 삼키고 말아
날카로운 이빨만 기념비처럼 남을 것을

아침이 와도 가난한 자들은
오늘도 어제 같아 한없이 무력하고
서둘러 길 나서지만 매번, 낯설다
자주 길 놓쳐, 절벽 앞에 절망인 듯 서기도 하는

가진 자들의 끝은 어디쯤일까

내일로 가는 길목에서
가난한 자들은 날마다
끝이 보이지만
가진 자들은 내일도 모레도 아득히

끝이 보이지 않는 것이
오늘을 사는 우리들의 슬픈 맹점이다

지금은 풍장 중

늦가을에 서면
푸른 날은 어느새 떠나버리고 마른
옥수숫대랑 수숫대랑 고추나무 따위만
마지막 삶의 빛깔 지우며 지금은 풍장 중

바람은 차츰 시려오고 스스스 스치는 소리
한때의 기억들 지워내는 의식인가

그 소리 한동안 나를 휘감아 나는
오래 가슴이 무거워 들판을 못내 떠날 수 없다

이제 겨울은 올 것이고
다 떠난 빈 곳으로 바람은 차곡차곡 쌓일 것이고
꿈꾸던 것들은 또 그 바람 속에 서럽게,
서럽게 묻힐 것이고

길을 잃다

날마다 빗나가 오래
길 잃었다
그 길 찾아 헤매는 사이 더러는
사랑마저 흔들려
길은 더 아득해졌고

길은 대체 어디 있을까, 정녕
있기나 한 것일까?

어느 해직 노동자가 목숨을 끊었다는 뉴스의
건조한 목소리가 슬프다, 또
그가 찾은 마지막 길이 너무 아프다

이 아침
어딘가 있을 거라 믿으며 길 찾아 나서는 우리 모두
길은 아득히 멀고
짙은 안개 속을 헤맬 뿐이다

빗소리

후둑, 후두둑 비가 끌고 오는 새벽은
우주를 관통해 미처 알지 못한 세계를 열어
가장 내밀한 언어로
땅과 나뭇잎 두드리며
강약의 흐름 따라 천상의 이야기 엮어낸다

거기, 흘러간 어제가 오늘인 듯 흐르고
잊었던 기억들 더러는
기쁨으로, 더러는 슬픔으로 와 안긴다
큰물 지나간 천변에서 살아남은 것들 보며
다행이다, 다행이다며 안도했던 일
잃어버린 것 기억해 내며 슬퍼했던 일 함께 건져 올려
그땐 그랬구나, 그러나

이젠 그마저 퇴색된 채 기쁨도 슬픔도 무뎌진 삶이 되어
저문 기억들이나 더듬을 뿐
이 새벽 눈 뜨고 싶지 않다

유독 떠난 자들의 모습이 자꾸 어른거린다

아버지의 흰 옷자락이
어머니의 뒷모습이 횡사한 아우의 모습이 또
먼저 간 벗들의 모습이

빗소리가 아프게 가슴을 치고 간다

어제와 오늘 사이

그를 보내고 돌아와 나는
샤워를 한다
어느새 여름이 끈적거린다

그는 이제 몸을 버렸으니 샤워 따위는 필요 없을 거라
생각하며
삶과 죽음이 너무 간명하다 싶어, 참 슬프다

어제와 오늘은 단지
슬픔으로 구획되는 것인가
그가 떠난 빈자리를 물끄러미 바라본다

하지만,
슬픔은 오직 산 자들만의 몫이라
그는 이제 슬픔 따윈 다 내려놓고 오히려
가볍겠다

세상 경계를 넘어 저만치 가고 있는 그는
불러도 영 돌아보는 법이 없다

11월의 저녁

벗들과 오늘은,

피 끓는 이야기들 다 접어두고
하루치의 약봉지 무게나 어지럽게 견주다가
소주 몇 잔에 취해
일찌감치 헤어져 돌아가는 11월의 저녁은 한없이
쓸쓸하다

돌아갈 길이 아직 남았다
벗들도 지금 제 길 따라 흔들리며 가고 있으리, 문득

지난여름 악쓰며 울어대던 매미들 다
어디로 갔나 싶다

우리는 모두 서둘러 집으로 가고 있지만 정작
집은 어디쯤인지 보이지 않는다

낙엽이 툭 발등에 떨어진다

11월의 저녁을 위한 미학 노트

김선굉 시인

1

2018년 어느 봄날 오후 송진환의 여섯 번째 시집 『하류』가 왔다. 우편함에 꽂힌 시집을 뽑아 들고 금호강으로 나갔다. 집을 나서면 바로 아양기찻길 부근 금호강 하류다. 물길을 따라 천천히 걸어가면서 작품 「하류」를 찾아 읽었다. 금호강 하류를 걸으면서, 시집 『하류』 속에서 작품 「하류」를 찾아 거듭 읽어 내려간 그 이른 봄날의 감회를 되새기면서 여기 그 전문을 옮긴다.

떠밀려온 것이다
기다림은 매번 허망하게 무너지고 미로 따라 어둠에나 익숙해져 수시로 어둠 삼키고 아침이면 다시 그 어둠 게워내며 그

렇게
　떠밀려온 것이다

　안개 속을 헤매며 왔다, 한때는
　안개의 음흉함 알지 못하고 모호한 것을 사랑한 적 있다 그쯤
에서 길 잃고 막막한 채 샛강 어디쯤서 겉돈 적도 있다
　그렇게 떠밀려온 것이다

　희미한 아픔의 기억들,
　물빛에 씻겨 강 가장자리에서 어른거릴 뿐 이제 저만치 바다
가 보인다, 그렇게
　그렇게 떠밀려온 것이다

　나는 그날 다른 작품을 읽지 않았다. 읽을 수 없었고,
읽을 필요가 없었다. 송진환이 던진 서정의 그물이 내 몸
을 덮쳤고, 그 그물의 이름이 하류였다. 이순을 넘어선 어
느 인생이, 특히 일흔 무렵에 접어드는 어느 인생이 작품
「하류」와 겹쳐지는 자화상을 그려보지 않을 수 있겠는가.
이 한 편만으로도 시집 『하류』는 송진환의 미학적 정체성
을 담보하고도 남음이 있다고 생각했다.
　특히 이 작품을 통해서 내가 주목한 것은 소박하면서
도 섬세한 송진환 류의 서정적 전략이다. 그의 서정 미학
은 크게 두 개의 트랙으로 전개되고 있다. 하나는 의미론
적 관점에서 시의 현장성이다. 시의 행간에, 문맥과 문맥

이 뒤엉켜 굽이치는 시의 현장에 시인이 서 있다는 것이다. 이를 통해서 얻어지는 가장 값진 미덕은 리얼리티다. 작품의 의미론적 진폭이 생애 전체를 감당하면서 관념화되는 부분이 있지만, 시인의 몸은 지금 〈그렇게 떠밀려온〉 강의 〈하류〉에 서서 지난날을 회상하기도 하고, 〈저만치 바다〉를 바라보고 서 있기도 하는 것이다. 이것은 작품 「하류」를 부둥켜안고 뒹굴던 시절의 송진환 시인의 포즈이자 시정신의 원형질이라고 할 수 있다.

또 다른 하나는 통사론적 관점에서 수사의 문제다. 대부분의 경우 그는 결코 가볍지 않은 주제를 평서문으로 담담하게 전개해 나가고 있다. 레토릭이 없는 레토릭, 고도의 서정적 전략 위에서 구사되는 무수사의 문체. 나는 이 지점에서 이문길(1939~)의 첫 시집 『許生의 살구나무』(흐름사, 1981)를 떠올리고 있었다. 사십여 년 전 시집 전체가 단하나의 비유도 없이 전개되고 있다는 사실 앞에서 으스스 몸을 떨던 그 시절을 떠올리는 것이다.

나는 시집 『못갖춘마디』(2014, 학이사)에서 만난 작품 「시와 뜨개질」을 읽으면서, 시집 『하류』를 읽어내려 가면서, 기막힌 삶의 편린을 마치 아무것도 아니라는 듯, 한없이 무거운 생의 무게가 마치 깃털처럼 가벼운 것이라는 듯 담담한 평서문으로 전개해 나가고 있는 무수사의 시학을 보고 놀라고 있었다. 이처럼 송진환은 평서문으로 생의 존재론적 아픔과 허무를 담담하게 노래하고 있다. 나는 문체론적 측면에서 이문길과 송진환의 작품 세계에서 작동하고 있는 무수사의 수사 문제는 우리 현대시의 귀중한 미학 코드로 깊이 살펴보아야 할 영역이라고 생각하고 있다.

2

송진환은 1982년 첫시집 『바람의 行方』 이후 무려 18년만에 긴 침묵을 깨고 두 번째 시집 『잡풀의 노래』(2000, 만인사)를 펴낸다. 그 후 그 동안의 침묵을 보상이라도 하듯이 여섯 번째 시집 『하류』(2018, 학이사)에 이르기까지 상당한 폐활량으로 깊고 잔잔한 서정의 세계를 펼쳐 왔다. 나는 그의 시 세계를 대상을 향한 진지한 성찰과 삶의 현장에서 건져 올린 고뇌에 찬 세계 해석으로 진단한다. 이러한 미학적 세계관은 필연적으로 대상에 대한 존재론적 질문의 형태로 나타나며, 그의 작품은 이러한 질문에 대한 대답의 형태로 구현되고 있다.

송진환의 작품 세계가 지니고 있는 가장 큰 특징은 결코 가볍지 않은 테마를 아주 쉽게(?) 구현해 나가는 독특한 방법론에 있다. 그는 작품의 핵심 소재를 삶의 현장에서 건져 올려 리얼리티를 확보한다. 이 과정에서 특이한 것은 그가 건져 올리는 핵심 소재들이 낯설거나 특별한 것이 아니라 지나치게 일상적이고 보편적인 것이라는 데 있다. 너무 흔하고 평범한 소재를 건져 올려 드라이한 문장으로 대상의 표정과 숨결을 섬세하게 묘사해 나가는 것이다.

이 과정에서 레토릭이 구사되는 경우가 거의 없다. 나는 송진환의 문체에서 기본 원리로 작동하고 있는 무수사의 수사를 리얼리즘 미학을 구현하기 위한 고도의 전략으로 보고 있다. 어떤 측면에서는 이런 방법론이 너무 지나쳐서 작품에 녹아 흐르는 서정적 임펙트를 약화시키는 경우가 눈에 뜨이기도 한다. 송진환의 독특한 리얼리즘 미학은 이러한 창작 매카니즘 위에서 구현되고 있다. 이러한 방법론은 첫 시집 『바람의 行方』에서부터 지금까지 그의 작품 전체에 전면적으로 작동하고 있는 원리며, 그 원리는 연륜이 깊어갈수록 더 자연스럽게 적용되고 있다.

아마 시집 『못갖춘마디』(2014, 학이사)였으리라. 나는 그 시집을 읽으며, 송진환 시인이 득음의 경지로 접어들고 있다는 생각을 했다. 그리고 그 생각은 시집 『하류』를 읽어 내려가면서, 맞아, 대략 그때부터였어, 이런 생각을 한 것 같다. 나의 이런 예감은 그의 일곱 번째 시집 『11월의 저녁』을 읽어 내려가면서 더욱 굳어지고 있다. 내 예감이 틀리지 않는다면, 송진환은 앞으로 더욱 왕성하게 생동감 넘치는 리얼리즘 미학의 세계를 펼쳐 나가리라고 생각한다.

2018년 늦은 봄이었으리라. 시집 『하류』를 읽고 한참

이 지난 어느 술자리에서, 지나가는 말로 괜한 말을 건넨 적이 있다. 이것저것 못 갖춘 형님, 형님 시는 쪼매 웃겨요. 아무것도 아닌 걸 시로 만들어. 그런데 이상한 것은 그게 시가 된단 말이지. 그게 뭔 말이로. 좋단 말이가 시원찮단 말이가. 그야 당연히 시원찮단 말이지요. 그런데 그게 말입니다. 쪼매 더 들여다보면 아무렇지도 않게 전개되는 거 같았던 시가 퍼득퍼득 살아나더라 이 말입니다. 사실 이쯤 되면 긴 시인론이 있어야 할 이유가 없다. 술잔 사이로 오고간 짧은 담론 그 자체로 송진환 시의 DNA를 고스란히 건져 올린 셈이 되는 것이니까.

이런 대화의 끄트머리에 송진환 형의 펀치가 날아왔다. 어이, 김선굉, 내 다음 시집 해설은 니가 써 다고. 설마 그럴 일이 있겠나 싶었고, 설마 그런 일이 있다 하더라도 내 생각을 조금 더 정리한다면 못 쓸 일도 없겠다 싶어 그러마고 했다. 그 말이 씨가 되어 나는 애를 먹어가면서 지금 이 글을 써나가고 있다. 애를 먹는다는 말은 그의 작품 세계가 쉽사리 분석의 칼을 대기가 쉽지 않다는 말이다. 말하자면 그냥 쉽게 써내려간 것 같은 작품의 배후가 생각보다 깊고 넓다는 뜻이다.

낡은 잡지 표지에,
외투 입은 그 여자 아직 겨울 앞에 서 있는데 어느새
봄은 이만치 와 만개했다

그 여자 애써 봄 속으로 들어오려 해도 바람에 마냥
나부낄 뿐이다
누군가 두고 간 철 지난 잡지는 공원 벤치에서 서글피
혼자 책장을 넘기고 있다

흘러간 것이 아름답다는 말 영 믿을 수 없다

작품 「못갖춘마디」 전문이다. 못 갖춘 마디, 적어도 못
갖춘 마디라고 띄워 써야 되는데 (막무가내) 붙여 쓰고 있다.
이런 시적 허용을 나는 시 형식의 카테고리에서 서정적 권
력의 한 측면으로 보고 있다. 이렇게 권력을 행사함으로써
작품 「못갖춘마디」는 첫마디를 불완전하게 시작하는 음
악적 형식을 뛰어넘어 보다 강력한 서정적 울림을 주면서
전개되고 있다. 이 작품 역시 어떤 레토릭도 구사되지 않
고 있다. 〈외투 입은 그 여자〉를 매개로 한 가상(〈잡지〉와 〈
겨울〉)과 현실(〈벤치〉와 〈봄〉)의 대담한 병치, 〈바람〉과 〈잡
지〉의 미스매치가 불러일으키는 시적 긴장이 평범한 문장
에 실려 시 전체에 탄력 넘치는 생명을 불어넣고 있다.
　　한참의 세월이 지나간 요즘도 나는 그의 시집 『못갖춘
마디』를, 그 가운데서도 작품 「못갖춘마디」를 떠올리면
서 원로 시인 송진환의 시 세계를, 그의 시 세계를 뚫고
지나가는 시 정신의 지향과 서정적 에너지를 더듬어보곤
한다. 그는 이 시집을 통해 사소한 일상과 그러한 일상 속
에서 잊혀져 가는 현상과 사물의 존재론적 비애를 깊숙이

들여다보고 있으며, 그것을 리얼리티를 한껏 살려가면서 진지하게 묘사해 나가고 있는 것이다.

3

방법론의 관점에서 송진환의 시 세계는 대체로 세 개의 트랙으로 전개되고 있다. 우선 그의 작품은 존재의 근원적인 비애와 그것을 넘어서려는 자유 의지를 테마로 하고 있다. 그의 자유 의지는 혁명적이기보다는 순명적으로, 강렬함보다는 부드러움으로, 뜨거움보다는 따뜻함으로 존재의 근원적인 비애를 어루만지고 있다.

두 번째는 주제를 구현하는 방법론이다. 그는 막연한 관념을 넘어서서 사물과 현상을 향해 걸어 들어간다. 이것이 시의 현장성으로 드러나면서 작품에 강렬한 리얼리티를 부여하고 있다.

세 번째는 시적 수사를 거의 쓰지 않는다는 것이다. 수사는 시인의 손에 들어 있는 비장의 무기라고 할 수 있다. 송진환은 그 무기를 버리고 맨손으로 대상과 맞선다. 밋밋한 평서문으로 시상을 펼쳐나가면서 낮은 목소리로 주제를 향해 다가가는 것이다. 무수사의 수사. 나는 이것을 고도의 전략으로 보고 있으며, 송진환 시의 아주 특별한, 그리고 아주 유력한 수사적 방법론으로 보고 있다.

일곱 번째 시집 『11월의 저녁』 또한 위에서 살펴본 것과 같이 세 개의 트랙으로 펼쳐지고 있다. 주제의 측면에서 존재론적 한계와 그것을 넘어서려는 자유 의지를, 제재의 측면에서 강렬한 리얼리티를, 문체의 측면에서 무수사의 수사를 더욱 자연스럽고 대담하게 전개해 나가고 있다.

기억을 흔들며 오는 것은 언제나
시간의 그늘이다

저녁 으스름에 앉으면
타는 노을 속에 잊고 산 날들
가슴 한쪽 저리도록 밀려와 서러움 왈칵 솟는 것이 다
시간의 그늘 탓이다, 어쩌면

기쁨도 그늘을 품어
그 안쪽 깊은 곳 눈물진 흔적 있을 듯싶다

그걸 것이다,

우리 가는 곳엔 어디나 그늘이 있게 마련
그러니
두려워하거나 슬퍼할 일이 아니다, 그냥
함께 가는 것일 뿐

아슴푸레 멀어져 가는 것들

오직 가슴으로 뜨겁게 안을 일이다

　작품 「시간의 그늘」 전문이다. 사람은 어느 한 순간 철
哲이 들기도 하고, 어느 한 순간 문리文理가 트이기도 하
며, 어느 한 순간 득음得音의 경지에 들기도 한다. 이 작품
은 시집 『못갖춘마디』부터 실체가 잡히기 시작한 송진환
의 시적 득음의 세계가 『하류』의 세계를 건너 『11월의 저
녁』에 이르러 한결 더 깊어지고 한결 더 넓어지고 있음을
보여주고 있다. 그의 서정적 상상력은 〈기쁨도 그늘을 품
어/ 그 안쪽 깊은 곳 눈물진 흔적 있을 듯싶〉으며, 〈어디
나 그늘이 있게 마련/ 그러니/ 두려워하거나 슬퍼할 일 아
니다. 그냥/ 함께 가는 것일 뿐〉이라는 통찰의 세계에 가
닿고 있는 것이다. 바로 이러한 통찰이 시간의 그늘 속에
서 〈아슴푸레 멀어져 가는 것들〉을 〈오직 가슴으로 뜨겁
게 안을 일이〉라는 원숙한 대오와 각성의 경지에 다다르
게 하는 것이다.
　그러나 송진환의 서정적 목소리의 진수는 〈시간의 그
늘〉이라는 관념과 상징 그 너머에서 더 강한 호소력을 지
닌다. 그 호소력의 근원은 리얼리티다.

　그곳은,

　나를 닮은
　내가 닮은

우리들의 집합이다

······ 중략 ······

파장 무렵 붉게 지는 노을마저
모두의 가슴을 따뜻하게 적시는
그곳은,

나를 닮은
내가 닮은
우리들의 집합이다

- 「5일장에 가면」 부분

한때,
시청 근처나 대도극장 근처 헌책방 돌아다니며
누군가의 손때 묻은 낡은 시집 따위 사들고 와
기쁨이었던

이제 그런 날은 가고
방 가득 그 책들 먼지처럼 쌓여 오히려 짐 되어
어쩐다, 어쩐다, 오래 망설이다 오늘은
다 버려
비로소 자유롭다

- 「헌 책을 위한 사색」 부분

시집 『11월의 저녁』은 이런 류의 리얼리티의 무한 병치에 가깝다. 5일장이 서는 〈그곳〉에서 시인은 〈나를 닮은〉 무수한 사람을 만나며, 〈내가 닮은〉 무수한 〈우리〉를 만나는 것이다. 나는 너며 너는 나인 〈우리〉라는 운명적인 카테고리 안에서 너와 나는 서로의 존재를 공동체로 수용하지 않으면 안 된다는 사실을 노래하고 있다. 시인은 그 공존의 배경에 〈붉게 지는 노을〉의 서정을 펼치는 것을 잊지 않는다. 작품 「헌 책을 위한 사색」에서 〈헌책방〉은 〈5일장〉의 다른 이름이며, 그가 〈사들고〉 온 〈낡은 시집 따위〉의 책들은 어느 순간 〈다 버려/ 비로소 자유〉를 얻는 복잡한 인간 관계의 대유에 다름 아니다.

4

표제 시 「11월의 저녁」은 송진환 시인이 사십여 년을 온몸으로 밀고온 서정의 좌표 위에서 인생은 이런 게 아니겠는가, 삶은 이런 게 아니겠는가 하면서 펼쳐 보여주는 서정적 경지다. 이 작품에서 그는 마치 옆에 있는 친구에게 말을 건네듯 삶의 한 순간을 담담히 펼쳐 보여 주고 있다.

벗들과 오늘은,

피 끓는 이야기들 다 접어두고
하루치의 약봉지 무게나 어지럽게 견주다가
소주 몇 잔에 취해
일찌감치 헤어져 돌아가는 11월의 저녁은 한없이
쓸쓸하다

돌아갈 길이 아직 남았다
벗들도 지금 제 길 따라 흔들리며 가고 있으리, 문득

지난여름 악쓰며 울어대던 매미들 다
어디로 갔나 싶다

우리는 모두 서둘러 집으로 가고 있지만 정작
집은 어디쯤인지 보이지 않는다

낙엽이 툭 발등에 떨어진다

- 「11월의 저녁」 전문

　　이 작품에서 나는 운명론적인 비애를 느낀다. 생의 허
무와 순명. 이것은 더할 나위 없이 보편적인 문학적 상징
이다. 그리고 이것은 송진환 시에서 특별히 강화되고 있
는 주제 의식이다. 인생의 황혼 무렵에 접어든 시인은 지
금 〈벗들과〉 〈소주 몇 잔에 취〉하는 스산한 삶의 현장에
있다. 그리고 그 현장이 늙은 〈벗들과〉 함께 함으로써 존

재론적 비애는 더욱 증폭된다. 이런 심각한 주제와 〈낙엽이 툭 발등에 떨어〉지는 스산하기 그지없는 삶의 현장이 담담한 문장으로 그려지고 있는 것이다. 이처럼 송진환의 시는 지금 그의 연륜과 함께 잘 익어가고 있다. 잘 발효된 시 정신이 그의 시 세계를 견디기 어려운 비애미와 함께 더욱 깊고 향기롭게 만들어 주고 있는 것이다.

시집 『11월의 저녁』은 득음의 경지로 접어든 원로 시인의 시정신이 어떻게 발효되는가를 유감없이 보여주고 있다. 그는 이 시집에서 〈시간의 그늘〉을 걷어내면 적나라하게 드러날 수밖에 없는 존재론적 허무와 비애를 넘어 〈아슴푸레 멀어져 가는 것들〉을 〈오직 가슴으로 뜨겁게 안을 일〉이라며 새로운 긍정과 희망을 노래하고 있다.

지난겨울 아파트 마당가,

앙상한 나무 위 까치 한 쌍 바람에 흔들리며
한 달 넘게 집 짓던 걸 본 적 있다.

쉼 없이 물어오는 삭정이들로, 더러는
용도에 맞지 않은지 물어온 삭정이들 버리기도 하며
절실하게
까치 한 쌍 몸으로 시를 쓰던 일 지금도 기억한다.
나도 오늘 일곱 번째 집을 짓지만
그들처럼 절실했나를 생각하면 왠지 부끄럼이 인다, 그러나

내일 더 실한 집 한 채 짓기 위해 부지런히
부지런히 삭정이들 하나씩 모아 갈 것이다, 숙명인 양

이것은 시의 형식을 빌려 써내려간 시집 『11월의 저
녁』의 자서다. 나는 이 문맥에서 송진환이 바라본 까치에
서 송진환을 보며, 까치가 집을 짓는 방식에서 송진환의
시 창작 원리를 본다. 〈까치 한 쌍〉은 〈삭정이〉로 〈시를
쓰고 있〉으며, 송진환은 그의 삶 주변에서 건져 올린 리
얼리티로 언어의 집을 짓고 있는 것이다. 까치 한 쌍이 물
어온 삭정이들로 집을 짓는 것은 송진환 시인이 삶 속에
서 건져 올린 소재들을 간결한 문체로 담담하게 써내려간
시 창작론에 다름 아니다.

5

송진환의 작품을 읽어내려 가면서 느끼는 마음의 움직
임은 좀 특별하다. 아무것도 없는 것 같은데 되짚어 보면
무언가 있다. 어딘가 허전한 것 같은데 뒤돌아보면 꽉 차
있다. 핵심 소재와 주제 의식이 워낙 일상적이어서 밋밋
한 것 같은데 무심코 지나치다 보면 뒤통수를 후려진다.
이건 아무것도 아니야 하면서 천천히 다가와서는 이게 시
야 하면서 우리하게 한 방 먹이는 것이다.

앞에서 나는 득음에 관해 짧게 말한 바 있다. 그 문맥에서 득음은 하나의 경지를 말하는 것이다. 송진환의 경우, 나는 그 실마리를 『못갖춘마디』에서 보았으며, 『하류』에서 이런저런 관점으로 확산되었으며, 이번 시집 『11월의 저녁』에서 더욱 깊고 유정하게 전개되고 있는 것을 보고 있다. 말하자면 서정적 탄력을 받고 있는 것을 보는 것이다. 이를테면 이런 것이다.

늘상 불렀던 노래가 이젠
기억 속에 후줄근히 젖어 아픔이 되어
늦은 저녁을 쓸쓸히 흘러간다

어느 땐 그 노래
기쁨이기도 했던 것이 오늘은 왜 이리,
가슴 안쪽 저려오는지

흘렀구나, 내가 흘렀구나

-「흐르는 것이 어디 강물뿐이랴」 부분

그 흐름의 끝에서 송진환은 놀라운 탄력으로 솟아오르고 있다.

시를 읽는다

시인의 가슴이 내게로 와 안긴다
따뜻하다, 때로는
서늘하다

닫혔던 내 가슴 절로 열리고, 환하다

시를 읽는다
시인은 내게
뜨거운 저 가슴 한쪽 선물인 듯 주고 간다

　작품「선물」전문이다. 그는 〈내게/ 뜨거운 제 가슴 한쪽 선물인 듯 주고 가〉는 시인이 저 자신이라는 것을 알고 있다.